Alice au pays des merveilles

Un jour, après une longue
promenade à la campagne,
alors que sa sœur s'était éloignée pour
cueillir des fleurs, Alice s'allongea au
pied d'un arbre et s'assoupit. Alors
qu'elle somnolait, passa près d'elle
un Lapin Blanc qui courait ventre à terre
en bredouillant:
– Je vais être en retard!

Alice se réveilla
brusquement et elle
s'étonna, non pas parce que
le lapin parlait, mais plutôt
parce qu'il était élégamment
vêtu et qu'il avait
une montre. «Il a l'air
terriblement affairé!»
pensa la petite fille.
Soudain, alors que les fleurs
le saluaient en souriant,
le lapin s'arrêta et se faufila
dans un trou.

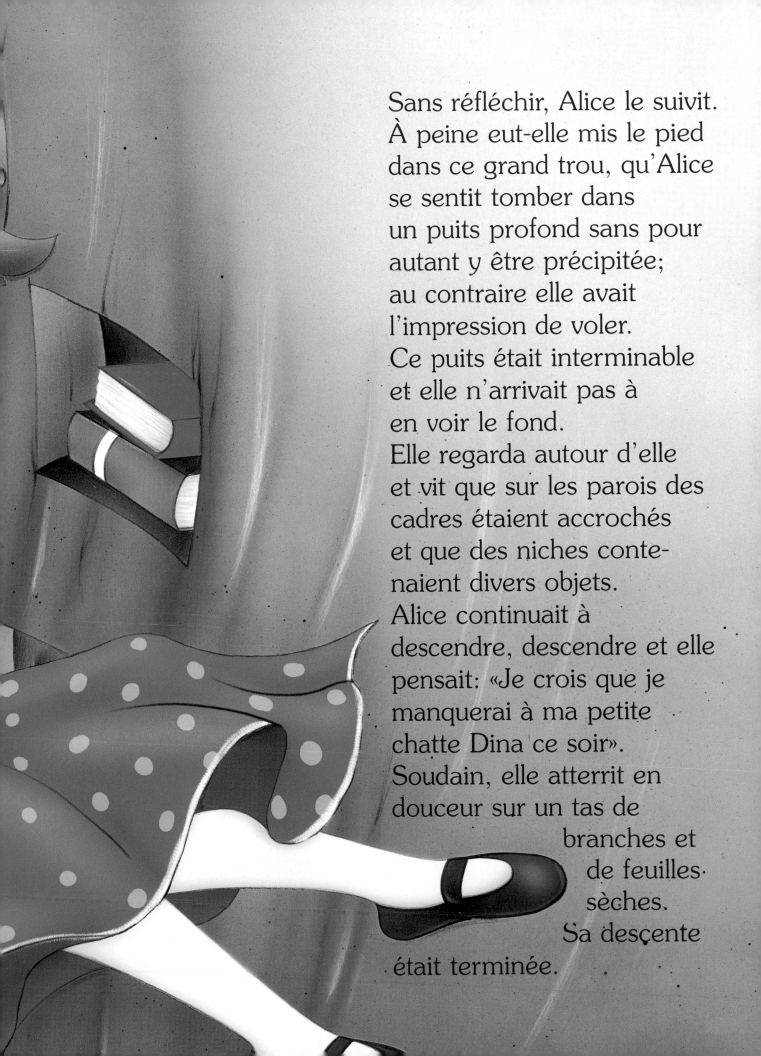

Sans réfléchir, Alice le suivit.
À peine eut-elle mis le pied
dans ce grand trou, qu'Alice
se sentit tomber dans
un puits profond sans pour
autant y être précipitée;
au contraire elle avait
l'impression de voler.
Ce puits était interminable
et elle n'arrivait pas à
en voir le fond.
Elle regarda autour d'elle
et vit que sur les parois des
cadres étaient accrochés
et que des niches conte-
naient divers objets.
Alice continuait à
descendre, descendre et elle
pensait: «Je crois que je
manquerai à ma petite
chatte Dina ce soir».
Soudain, elle atterrit en
douceur sur un tas de
branches et
de feuilles
sèches.
Sa descente
était terminée.

Elle se trouvait au milieu d'une grande salle où il y avait beaucoup de portes.

Elle essaya d'en ouvrir une, mais celle-ci lui dit:

– Tu ne peux pas entrer parce que tu es trop grande!

Sur une petite table, elle vit près d'une clef en or, une bouteille sur laquelle il était inscrit: "BOIS-MOI".

Alice vérifia que nulle part, il n'était écrit "Poison", puis elle but d'une seule gorgée.

– Qu'il est bon ce sirop, pensa Alice qui s'aperçut qu'elle était devenue aussi petite qu'une souris.

– Zut! J'ai laissé la clef sur la table, et maintenant, comment vais–je la récupérer ?

Sur le sol, elle vit une boîte pleine de biscuits portant l'inscription "MANGE-MOI". Elle en goûta un et elle se mit à grandir si vite que sa tête alla cogner le plafond.

Pauvre Alice, aussi grande, elle ne pouvait plus passer par la petite porte.

Elle s'assit et se mit à pleurer, versant des litres de larmes.

Peu après, passa près d'elle le Lapin Blanc qui, effrayé, laissa tomber un éventail et disparut à toute vitesse.

Alice le ramassa et commença à s'éventer et qu'arriva-t-il ? À sa grande surprise, elle s'aperçut qu'elle était à nouveau petite.

Elle comprit très vite que cette diminution était due à l'éventail qu'elle tenait à la main, et d'un coup elle le laissa tomber à terre pour ne pas courir le risque de disparaître complètement.

À ce moment là, un de ses pieds glissa et elle se retrouva assise dans l'eau. Elle se rendit compte qu'elle était assise dans la flaque formée par les larmes qu'elle avait versées lorsqu'elle était grande.

– Et maintenant que vais-je faire ?

Peu de temps passa avant qu'elle n'entende le bruit lointain de petits pas.

Elle sortit de la flaque et se dirigea vers l'endroit d'où venait ce bruit.

Elle se retrouva devant une jolie petite maison.

Le Lapin Blanc était à la fenêtre et lui cria:

– Marianne, les gants, l'éventail… je ne peux pas faire attendre la Duchesse!

Alice comprit que le Lapin Blanc l'avait prise pour sa domestique. Elle entra dans la maison et se mit à chercher les gants. Elle aperçut une petite fiole. Elle but une gorgée et commença à grandir, grandir.

– Qu'est–ce qui m'arrive ? s'exclama Alice.
La maison était devenue trop petite pour elle,
tellement petite qu'elle resta coincée.
 Le Lapin Blanc était énervé parce qu'il
attendait les gants et l'éventail qui n'arrivaient
pas. Il entendit un grand bruit, il se retourna
d'un coup et vit qu'Alice était coincée.
La situation n'était pas des plus plaisantes.
Soudain, Alice entendit:
– Une poignée suffira!
   et elle reçut sur le visage quelques petits
      fours. Alice en goûta un et aussitôt elle
         redevint petite.
         À peine eut-elle atteint la bonne taille
         pour passer la porte, qu'elle sortit de
      la maison et se dirigea vers la forêt voisine.

Alice vit un énorme champignon sur lequel se trouvait une grande chenille, l'air somnolent, qui fumait tranquillement:
– Quelle créature es tu? ? lui demanda la chenille d'une voix langoureuse.

– Je ne le sais plus moi-même! Depuis ce matin je n'arrête pas de changer de taille. Je voudrais être à nouveau grande! soupira Alice.

– Un côté du champignon te fera grandir, l'autre te rendra petite. Vas-y, sers-toi! lui dit-elle alors qu'elle s'éloignait en rampant.

Alice arracha deux morceaux du champignon, en mordit un, qui, heureusement, était du bon côté et elle reprit ainsi sa taille normale.

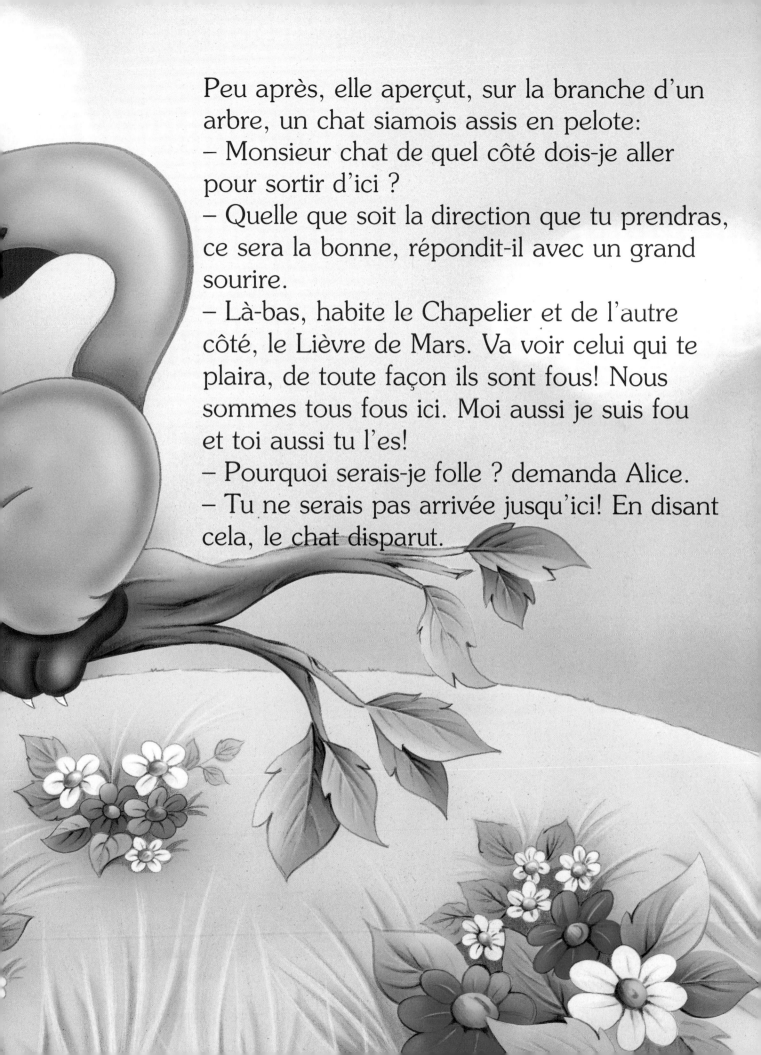

Peu après, elle aperçut, sur la branche d'un arbre, un chat siamois assis en pelote:

– Monsieur chat de quel côté dois-je aller pour sortir d'ici ?

– Quelle que soit la direction que tu prendras, ce sera la bonne, répondit-il avec un grand sourire.

– Là-bas, habite le Chapelier et de l'autre côté, le Lièvre de Mars. Va voir celui qui te plaira, de toute façon ils sont fous! Nous sommes tous fous ici. Moi aussi je suis fou et toi aussi tu l'es!

– Pourquoi serais-je folle ? demanda Alice.

– Tu ne serais pas arrivée jusqu'ici! En disant cela, le chat disparut.

Alice s'était désormais habituée aux bizarreries de ce monde fantastique, c'est pourquoi elle ne s'étonna pas de la soudaine disparition du chat. Elle se remit en route et ne tarda pas à apercevoir une maison dont les cheminées avaient la forme de deux oreilles: c'était la maison du Lièvre de Mars. Alice mordit dans l'autre morceau de champignon qui lui restait et devint si petite qu'elle put entrer dans la maison. Le Lièvre de Mars prenait le thé en compagnie du Chapelier et du loir qui somnolait.

– Je t'en prie, prends un peu de vin! lui dit le Chapelier.

- Je ne vois pas de vin… ,s'exclama Alice.
- En effet, il n'y en a pas, répondit le lièvre.
Alice pensa qu'ils étaient vraiment fous
et elle s'esquiva.

Alors qu'elle avançait prudemment dans
la forêt, elle vit un énorme rosier chargé
de fleurs blanches. Quelques lutins jardiniers
étaient en train de les peindre en rouge
et bredouillaient:
– Ici nous devions planter des roses rouges
et non des blanches! Si la Reine venait
à l'apprendre, elle nous ferait couper la tête.

Dès qu'ils virent Alice, ils s'enfuirent.
La petite fille prit un pinceau et un pot
de peinture et se mit à peindre les fleurs.
Peu de temps après, elle entendit :
– Place à la Reine !

Le cortège royal s'arrêta juste devant Alice. Les valets portaient un uniforme orné de trèfles, et à leur corps plat étaient rattachés les jambes et les bras.
– Comment t'appelles-tu ? demanda la Reine.

– Alice, murmura la petite fille
– Coupez-lui la tête, ordonna la Reine.
– C'est absurde ! dit Alice d'une voix franche.

La Reine se tut face à tant d'impertinence, puis elle s'exclama d'une voix irritée:
– Que le procès soit organisé! Ils se rendirent tous au tribunal. Avant ce jour, Alice n'avait jamais participé à un procès, mais elle avait lu beaucoup de livres qui en parlaient. Elle reconnut le Lapin Blanc qui tenait à la main un parchemin.
La Reine ordonna:
– Que soit lu le chef d'accusation!
Le Lapin Blanc déroula le parchemin et commença la lecture:
– Il faut avant tout entendre les témoins…

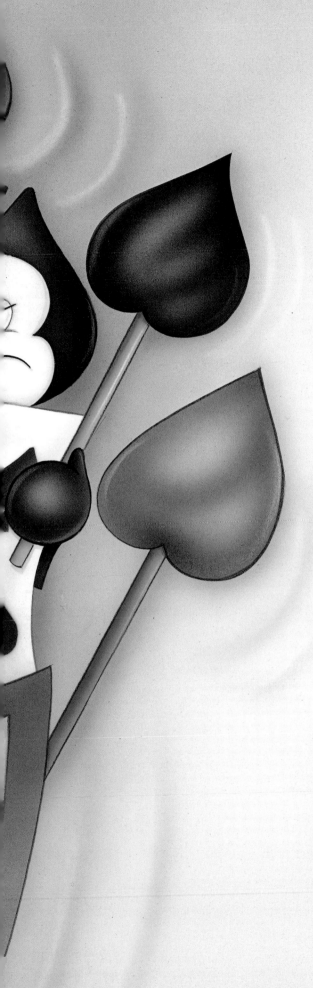

Mais la Reine éclata, furieuse:
– Que les jurés émettent tout de
suite le verdict de condamnation!
Dans la salle régnait la confusion
et on entendait de grands cris.
Indignée par un procès dans lequel
elle ne savait même pas de quoi
elle était accusée, Alice se leva
d'un bond:
– Quelle idiotie! s'exclama-t-elle.
La Reine ordonna:
– Coupez-lui la tête!
Les gardes se précipitèrent vers
Alice qui était sur le point de
retrouver sa taille normale.
– Mais qui voulez-vous qui vous
obéisse ? vous tous, vous n'êtes
qu'un tas de cartes à jouer!
s'exclama-t-elle.
À ces mots, toutes les cartes
giclèrent en retombant sur Alice,
qui, un peu effrayée, tenta de
les éloigner d'elle.

Inutilement! La main de sa sœur avait déjà
enlevé les feuilles tombées de l'arbre. En effet,
ce qu'Alice avait pris pour des cartes à jouer
à la fin de son sommeil fantastique, ce n'était
en réalité que des feuilles.
– Tu as fait une sacrée sieste! lui dit sa sœur.

Alice se réveilla en se frottant les yeux et se retrouva sous l'arbre, au milieu de la campagne. Elle commença à décrire à sa sœur tous les personnages extraordinaires qu'elle avait rencontrés dans le pays des merveilles et qui sait, peut-être que le Lapin Blanc existe vraiment…